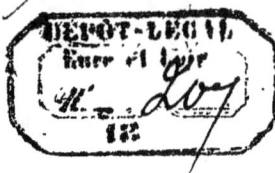

Les Stations d'altitude estivales

DANS

LES PYRÉNÉES FRANÇAISES

PAR

le Dʳ Marcellin CAZAUX

ANCIEN PRÉSIDENT DE LA SOCIÉTÉ D'HYDROLOGIE ET CLIMATOLOGIE
MÉDAILLE D'OR DE L'ACADÉMIE DE MÉDECINE
CHEVALIER DE LA LÉGION D'HONNEUR, OFFICIER D'ACADÉMIE, ETC.
MÉDECIN CONSULTANT AUX EAUX-BONNES (BASSES-PYRÉNÉES)

(Société d'Hydrologie et Climatologie médicale,
Séance du 17 Avril 1905.)

PARIS

OCTAVE DOIN, ÉDITEUR

8, PLACE DE L'ODÉON (6ᵉ)

—

1905

Les Stations
d'altitude estivales

DANS

LES PYRÉNÉES FRANÇAISES

CHAPITRE I

UTILITÉ. — CLASSIFICATION

J'ai déjà eu l'occasion, dans cette enceinte, de vous parler des altitudes en général et de leur utilisation dans le traitement d'un certain nombre de maladies ou de déchéances de l'organisme humain (1).

J'ai dit aussi qu'il y avait en France un grand nombre de beaux sites, soit pour hôtels, soit pour sanatoriums, analogues à ceux de la Suisse et du Tyrol. Et de fait quelques édifices munis du confortable moderne ont été construits, notamment dans la Savoie, le Dauphiné, le comté de Nice et les Cévennes.

Pour encourager et étendre ce mouvement, le Syndicat médical des stations pyrénéennes m'avait chargé de rédiger un rapport sur les endroits propres à l'édification de pensions-hôtelleries destinées à rendre possible le séjour d'été dans les Pyrénées. Ce rapport, qui a trait surtout aux em-

---

(1) *Des altitudes en médecine*, séance du 7 avril 1902.

placements à choisir dans la zone alpine proprement-dite, a été communiqué au Syndicat dans sa séance du 25 septembre dernier. Les considérations que je vais vous exposer aujourd'hui ne sont, pour ainsi dire, que les préliminaires du même sujet et en complètent l'étude. C'est pourquoi il m'a paru tout indiqué de mettre sous la même rubrique ces deux notes qui, en réalité, doivent être unies pour n'en faire qu'une.

La question que nous traitons n'est pas neuve, car, il y a juste quarante ans, le Dr Lombard (de Genève) s'exprimait ainsi :

« ... Et si nous passons des Alpes aux Pyrénées, nous verrons que ce genre de ressource médicale (les séjours de montagne) manque presque complètement dans la haute et vaste chaîne qui sépare la France de l'Espagne, et qui occupe pourtant une grande étendue entre l'Océan et la Méditerranée, présentant de nombreuses vallées où l'on pourrait trouver, à différentes altitudes, des stations aussi agréables et aussi salubres que celles des Alpes. Mais, il faut le dire, ce genre de traitement médical n'est point apprécié comme il devrait l'être, par les praticiens et les habitants des régions voisines ; et cependant les chaleurs presque tropicales qui règnent en Provence, en Béarn ou dans la Guyenne devraient faire rechercher, plus qu'on ne le fait, un séjour dans quelques-unes des belles vallées pyrénéennes. L'on y trouverait, à différentes hauteurs, une atmosphère plus ou moins refroidie et, par conséquent, plus ou moins tonique. Les versants du Canigou, du Mont-Perdu et du Mont-Maudit, du Vignemale et des pics du Midi-d'Ossau et de Bigorre pourraient devenir de charmants lieux de refuge et former des stations médicales aussi connues des malades que les Thermes de Luchon, de Barèges, de Saint-Sauveur, de Cauterets ou des Eaux-Bonnes. »

Et plus loin :

« J'espère que ce vœu ne tardera pas à être réalisé pour

le bien des malades et pour la prospérité des pays où de nombreux voyageurs viendraient apporter chaque été leur tribut et répandre l'aisance dans toutes les classes de la population. Peut-être quelque habitant des belles vallées des Pyrénées ferait-il bien de visiter les stations d'été de la Bavière, du Tyrol et de la Suisse ; à son retour dans son pays, il serait désireux de faire participer ses compatriotes à la prospérité qui règne dans les vallées alpestres où des milliers d'étrangers viennent séjourner pendant la majeure partie de l'été (1). »

Le même souhait a été exprimé par d'autres écrivains, entre autres, par le D^r De la Harpe (2) et par le Dr P. Regnard dans sa magistrale étude sur les stations estivales et hivernales des Alpes et du Jura (3).

De son côté, la section du Sud-Ouest du Club alpin a étudié la question et tout mis en œuvre pour stimuler les initiatives : c'est aux Pyrénéens, hôteliers, industriels, capitalistes, conseillés par les médecins compétents, qu'il appartient de suivre enfin l'exemple des Suisses et de mettre leurs montagnes, au point de vue des communications, du confort et de l'hygiène, au niveau des exigences modernes ; les éléments fondamentaux existent, il n'y a qu'à les développer.

Les altitudes peuvent se diviser en trois groupes, en négligeant celles au-dessous de 400 mètres qui n'ont pas d'effet thérapeutique bien appréciable.

1° Altitudes inférieures, ou subalpines ou intermédiaires : 400 à 1 200 mètres ; 2° altitudes alpines ou proprement dites : 1 200 à 2 000 mètres ; 3° altitudes supérieures : au-dessus de 2 000 mètres.

Nous avions dénommé *moyennes* les altitudes du

---

(1) *Les stations médicales des Pyrénées et des Alpes*, 1864.
(2) *Formulaire des stations d'hiver et d'été*, 1895.
(3) *La cure d'altitude*, 1898.

deuxième groupe, parce qu'elles sont comprises entre les
inférieures et les supérieures ; mais des auteurs, tel De la
Harpe, donnant cette appellation à celles comprises entre
500 et 1 300 mètres, nous aimons mieux, à l'exemple de
Regnard, renoncer à ce nom de moyennes, pour éviter
toute confusion ; si l'on veut s'entendre sur les idées, il
faut commencer par s'entendre sur les mots.

Nous n'avons pas à nous occuper des altitudes supérieures, car elles ne sont visitées que par les excursionnistes
et ne sont habitées que par exception : le sommet du Vignemale, par exemple. Une grotte, une cabane, un refuge
quelconque, très sommairement meublés, quand ils le sont,
suffisent à ces intrépides alpinistes et leur permettent de
tenter et de réussir les plus périlleuses ascensions.

A en croire le comte Henry Russell, il ne faudrait ni
s'attarder dans les basses vallées ni s'élever trop haut : pour
atteindre le plein développement physique et moral, nous
devrions nous établir dans une zone qu'il dénomme « les
déserts pyrénéens » et qui n'a pas son équivalente sur les
pentes alpestres ; aux Alpes, en effet, les glaciers descendent dans les vallées jusqu'à toucher aux sapins et aux mé-
lèzes et à être bordés de fleurs. Aux Pyrénées, au con-
traire, les glaciers ou les neiges éternelles ne descendent
guère au-dessous de 2 400 mètres, tandis que les rhododendrons s'arrêtent en général à 2 000 mètres. C'est dans
l'espace intermédiaire, dénudé ou simplement herbeux, que
se rencontrerait le lieu d'élection ; écoutez la péroraison
de notre auteur :

« Pour bien jouir de la vie dans toute la plénitude de sa
santé et de sa liberté, il faut monter plus haut : il faut
atteindre les grands plateaux, balayés par des brises éternelles, de la *région moyenne* des Pyrénées, d'où l'on domine généralement les nuages, et vivre en philosophe pendant des mois entiers, loin des miasmes et du bruit de la
plaine, loin des journaux et de la politique, dans ces dé-

serts dorés et lumineux où, en levant la tête au coucher du soleil, le voyageur qui a couru le monde croit subitement revoir les neiges sanglantes des Andes ou de l'Himalaya, drapées dans leur virginité sublime, avec une majesté surnaturelle et des airs d'un autre monde, comme si la terre était indigne de leur servir de piédestal. »

Mais M. Russell est un poète, un amant passionné de la nature, un homme vigoureux et un homme de loisir ; ce qui n'est pas donné à tout le monde. Son idéal ne pourra être poursuivi que par une clientèle limitée, d'un côté par des considérations d'ordre économique et, d'autre part, par des considérations d'ordre médical.

Parlons donc des deux premières zones :

CHAPITRE II

ALTITUDES SUBALPINES

Actuellement, dans les Pyrénées, c'est surtout dans le groupe des hauteurs inférieures (400 à 1 200 mètres) que nous avons le choix des séjours d'été, soit pour les malades, soit pour les convalescents, les surmenés et les neurasthéniques de différents ordres.

Chose curieuse ! Les auteurs, principalement médicaux, qui ont tant et si bien écrit sur nos villes thermales, ne paraissent pas avoir fait grand cas de l'influence de leur climat. Aux Eaux-Bonnes, par exemple, à l'exception du Dr Schnepp qui signala l'altitude de la station comme favorable au traitement des phtisiques, nous ne pensons pas que ce point de vue ait été envisagé jusqu'à l'année 1875 où nous eûmes l'idée de consacrer à la question six de nos « Lettres médicales ».

Si, en effet, dans cette ville thermale et dans nombre d'autres, la plupart de nos malades sont promptement

améliorés, s'ils voient leur appétit renaître et leurs éner-
gies se relever, ce bienfait n'est pas dû à l'eau minérale,
mais à l'air de la montagne. Nos eaux, sans doute, sont
efficaces ; c'est à leurs vertus que sera dû l'amendement
consécutif et souvent la guérison, mais cet effet n'est pas
immédiat ; il faut un certain temps pour que l'agent hydrominéral soit absorbé, mis en circulation et porté au con-
tact des éléments primaires de l'organisme.

Il y a donc lieu de se féliciter que nos eaux minérales
sourdent, en général, dans les vallées de montagne où l'on
peut soit se borner à la cure d'air, soit combiner la cure
d'air avec la cure d'eau. Il y a des catégories de malades
pour lesquelles la cure d'eau comptera seule : il en sera
ainsi, par exemple, pour les clients de Saint-Christau
(320^m), Capvern (450^m), Barbazan (450^m), Aulus (776^m),
Ussat (450^m) et Moligt (450^m); mais la cure d'air prendra
une réelle importance s'il s'agit de sujets atteints
d'affections des voies respiratoires ou du système ner-
veux.

Ces deux classes de valétudinaires trouveront un climat
doux mais déjà tonique à : Amélie-les-Bains (276^m), Arge-
lès (455^m), Cadéac (500^m), Bagnères-de-Bigorre (556^m),
Luchon (625^m), Vernet-les-Bains (650^m), Eaux-Chaudes
(675^m).

Les effets seront plus marqués à : Escouloubre (700^m),
Ax-les-Thermes (715^m), Luz (732^m), Saint-Sauveur (750^m),
Eaux-Bonnes (750^m), Cauterets (930^m), La Preste (1100^m).

Toutes ces villes balnéaires peuvent être utilisées, suivant les événements et les convenances, comme séjours
de montagne ; elles auront une influence climatique, parce
qu'elles jouissent d'une atmosphère presque exempte de
poussières et de microbes, avec une température agréable.
Celle-ci se maintient entre 16 et 22 degrés dans les mois
d'été, sauf les quelques jours où souffle le vent du Sud
qui fait très exceptionnellement monter le thermomètre à

27 et 28 degrés. Les vents d'Ouest et Sud-Ouest assez fréquents apportent parfois les nuages et la pluie, mais ils né sont ni forts ni froids.

Ajoutons que les eaux potables y sont fraîches et abondantes et la végétation des plus variées et des plus luxuriantes, depuis le simple arbuste jusqu'au hêtre majestueux et au sapin toujours vert. Quant à la flore et à la faune, elles sont des plus curieuses et des plus intéressantes.

CHAPITRE III

ALTITUDES ALPINES

C'est cette zone des altitudes proprement dites (1 200 à 2 000^m) qui fait, en réalité, presque toute la fortune de la Suisse et qu'il s'agirait de développer et, pour ainsi dire, de créer dans les Pyrénées.

Elle n'est, en effet, représentée que par : 1° Quelques villes balnéaires telles que : Barèges (1 250^m), Carcanières (1 200^m), Les Escaldes (1 350^m); 2° Quelques villas que de riches habitants de la Cerdagne ont fait construire près de Bourg-Madame (1 140^m), de Puigcerda (1 252^m) et de Montlouis (1 600^m), ville de garnison la plus élevée de France, où le thermomètre ne monte guère au-dessus de 18° au plus fort de l'été ; 3° Les deux hôtels de Gavarnie, l'hôtellerie du Pic du Midi et quatre à cinq autres de moindre importance.

Ces stations étant destinées à la fois aux bien portants et à des valétudinaires de divers ordres, ce serait ici le lieu de dire quelques mots des phénomènes météorologiques qui les caractérisent, car ici le climat de montagne se différencie du climat de plaine beaucoup plus que dans le premier groupe et exerce des effets plus prononcés ; mais, pour ne pas nous répéter, nous vous renvoyons à notre

mémoire déjà cité. Nous dirons néanmoins un mot au-
sujet des lacs : les grands lacs qui sont plutôt nuisibles
en été comme réservoirs de calorique (leur surface pouvant
s'échauffer jusqu'à 25°), n'existent plus, pour ainsi dire,
entre 1 200 et 2 000 mètres, mais on y rencontre un bon
nombre de laquets dont le rôle n'est pas inutile, car ils
contribuent à rendre la température moins variable entre
le jour et la nuit.

Le plus grand des Pyrénées, le lac Lanoux (région d'Ax),
à 2 154 mètres, a une étendue de 110 hectares ; le lac
d'Artouste (région des Eaux-Chaudes), à 2 092 mètres, de
55 ; le lac Bleu (région du Bigorre), à 1 968 mètres, ne
dépasse pas 52 et le lac d'Orrédon, à 1 870 mètres (région
d'Arreau), 50 ; le lac d'Oo, à 1 500 mètres (région de Luchon), a 39 hectares seulement et le lac de Gaube, à 1 789
mètres (région de Cauterets), 16.

L'existence de ces petits lacs contribue à rendre le climat favorable à la végétation qui est, en effet, plus active
et, en tout cas, monte plus haut, dans les Pyrénées que
dans les Alpes : les hêtres se rencontrent encore à 1 600
mètres ; les sapins et les bouleaux ne commencent à se
rabougrir qu'au-dessus de 2 000 mètres ; les pins rouges,
les aulnes, les genévriers et les rhododendrons, bien que
rares et chétifs au-dessus de 2 000 mètres, comme nous
l'avons dit, ne disparaissent complètement qu'à 2 500 mètres.

Ce phénomène est dû, pour une part, à la latitude, mais
principalement, insistons-y, à la vapeur d'eau qui se dé-
gage des laquets et aussi des nombreuses sources qui jail-
lissent à toutes les hauteurs dans les Pyrénées ; c'est, en
effet, la perspiration dans un air à la fois raréfié et *sec*
qui nuit à l'évolution des plantes et provoque leur mort
précoce.

Nous serons également très bref en ce qui concerne les
effets *physiologique*, car les observations poursuivies sur

les Alpes ou sur d'autres chaînes de montagnes sont applicables aux Pyrénées.

Les personnes non habituées, surtout les névropathes, pourront éprouver un peu d'insomnie et de dyspnée ; les sécrétions muqueuses seront moindres ; l'urine sera plus concentrée. D'autre part et, en règle générale, on constatera un réveil de l'appétit et, parallèlement, des forces physiques et intellectuelles.

Il n'y a pas à craindre le Mal de montagne qui n'apparaît guère que bien au-dessus de notre zone, dans les environs de 3000 mètres ; il est dû, moins à l'anoxyhémie ou diminution de l'oxygène du sang, qu'à la décompression dans l'air raréfié, au froid et à la fatigue, comme nous l'avons expliqué dans une communication déjà ancienne (1).

Cette anoxyhémie, d'ailleurs, est neutralisée par l'acclimatement, car l'effet primordial et constant de la vie sur les hauteurs, c'est l'augmentation des globules rouges et de l'hémoglobine ; cette hypercythémie agrandit la surface d'absorption et de fixation de l'oxygène et compense la moindre tension de ce gaz dans l'air raréfié.

Pour arriver à ce résultat, on voit, pendant huit à dix jours, la respiration et la circulation s'accélérer ; mais une fois les globulins formés et imprégnés d'hémoglobine, le but de la nature est rempli ; les poumons et le cœur reprennent le rythme habituel.

Quant aux combustions organiques, elles sont plutôt ralenties les premiers temps, puis reviennent à la normale et même la dépassent, l'urée excrétée et la vapeur d'eau éliminée s'étant accrues par l'acclimatement.

Dans les altitudes alpines, comme nous l'avons dit, le climat, c'est-à-dire l'ensemble des modificateurs cosmi-

---

(1) *Le mal de montagne,* 1897.

ques, a une action plus énergique que dans les intermédiaires et peut donner des résultats importants par lui-
même ; on peut y faire au besoin de la médecine des
hauteurs ou *hypsiatrie*.

Voilà pourquoi les Suisses ont édifié de nombreuses
hôtelleries soit permanentes, soit de saison, sur les points
de leurs montagnes remplissant certaines conditions :
ainsi, le site ne doit pas être trop encaissé, bien que ga-
ranti des vents froids ; il doit reposer sur un sol perméa-
ble et un peu incliné, être voisin d'une source et d'excursions variées, être environné de forêts, de préférence, de
forêts de sapin justement considérées comme moins hygro-
métriques ; en somme, bâtir dans un lieu abrité, bien
exposé et jouissant d'une vue pittoresque : voilà la formule.

Cette formule, vous serez peut-être un peu surpris si je
vous apprends que nos voisins de l'Helvétie l'ont appli-
quée 78 fois, c'est-à-dire, ont construit 78 hôtels en vue
de la Jungfrau. Cette montagne offre un beau spectacle,
nous pouvons en témoigner, mais elle a des rivales. Dans
les Alpes de France mêmes, ces dernières années ont été
marquées par la construction d'édifices confortables sur
plusieurs points embrassant de splendides panoramas :
au Montanvert (1921^m) tout près de la mer de Glace ; au
col de Lautaret (2070^m) par Grenoble ; au Revard (1545^m),
par Aix-les-Bains ; à Thorenc (1277^m), par Grasse, etc.

Il s'agit pour les Pyrénéens de suivre cet exemple, afin
d'être à même de faire l'accueil qui leur est dû, soit aux
alpinistes amateurs, soit aux villégiateurs d'été, soit aux
valétudinaires voulant traiter par l'air des hauteurs une
convalescence, une simple fatigue, une débilité générale
ou un véritable état morbide tel que : les anémies, la
chlorose, les dyspepsies, toute une classe de neurasthé-
nies et de psychopathies, les catarrhes bronchiques et
certaines formes de tuberculose pulmonaire que nous

avons définies dans un rapport au Congrès de Grenoble
de 1902.

Comme vous le voyez, au point de vue médical et économique et j'ajoute au point de vue de l'hygiène physique
et morale de notre jeunesse, il y aurait grand intérêt à
faciliter la vie en montagne et, dans ce but, à y édifier de
petits centres aisément accessibles et pourvus des res-
sources nécessaires à une existence confortable.

Il y a déjà longtemps que le Club-Alpin de Pau l'a
compris ; il avait prié M. le comte Frank Russell, l'un de
ses vice-présidents, de lui présenter un rapport sur les
« hôtelleries de montagnes » que vous trouverez dans le
numéro de juillet 1899 du « Bulletin Pyrénéen ».

« Deux catégories de gens viennent nous visiter », dit le
rapporteur, « les malades et les oisifs : les uns et les autres
s'accommodent fort bien de la ville thermale, si terre à
terre soient les distractions qu'elle offre. On s'y baigne et
l'on y flâne ; on y flirte et l'on y boit ; à l'occasion on joue
aux petits chevaux et l'on entend d'assez bonne musi-
que ; cela suffit au plus grand nombre. Quelques-uns y
ajoutent des promenades plus ou moins hygiéniques, plus
ou moins sportives aux cascades en renom, aux sommets
que la mode a classés, et c'est tout.

« Quant à aller s'établir *sur* la montagne, à planter sa
tente au milieu des saxifrages et des iris, à s'abreuver au
cristal des hautes sources, nul ne saurait y songer parce
que, si épris que l'on soit de la grande nature, on ne se
soucie guère de coucher dans une fissure de rocher, comme
les isards, ni de se nourrir de fraises sauvages, comme
l'ours. La civilisation, même la moins difficile, a d'autres
exigences ; elle demande un abri sérieux et résistant, une
maison, une hôtellerie.

« Il y a deux sortes d'hôtelleries de montagne qui se
différencient par leur objet ; je ne parle pas des simples
refuges qui ont un rôle tout à fait spécial :

« Les unes, établies en vue de faciliter les excursions, sont de construction assez sommaire ; on y couche et l'on s'y restaure, mais l'on n'y séjourne pas. Leur emplacement est le plus souvent indiqué par l'excursion elle-même ; telles sont les hôtelleries du Pic du Midi, de l'hospice de Vénasque, du lac de Gaube, etc.

« Tout autres sont les hôtelleries-pensions, telles qu'on les comprend en Suisse et telles que nous voudrions les voir s'implanter dans nos Pyrénées : ce sont des établissements où l'on séjourne quinze jours, un mois, une saison. On peut s'y installer dès la fin de mai ou le commencement de juin, étant situés à des hauteurs où les brouillards ne sont ni aussi communs ni surtout aussi humides que dans les gorges. Ces hauteurs varient de 800 à 2 000 mètres ou même davantage ; mais il est préférable de se tenir au-dessous de la limite supérieure des sapins dont le voisinage est si précieux, c'est-à-dire, pour la partie centrale et occidentale de notre chaîne, au-dessous de 2 000 mètres. »

Cette citation vous prouve que le comte F. Russell est un chaud partisan des établissements que nous prônons.

Ceux-ci, en plus d'une installation convenable, devront être pourvus de l'outillage nécessaire pour tromper la longueur des jours mauvais, car il faut s'attendre à être incommodé de temps à autre par les brouillards, les nuages ou le vent : il y aura une bibliothèque bien garnie de livres et de journaux, des salles de billards et jeux divers, notamment le tennis que les Anglo-Saxons ont mis à la mode, des locaux pour gymnase et hydrothérapie. Inutile d'ajouter que les jeux d'argent, tels que le baccara et le poker, seront sévèrement interdits.

Il n'est pas nécessaire ni même désirable que les pensions bourgeoises soient aménagées avec un grand luxe ; pourvu qu'elles soient propres et meublées d'après le style hygiénique formulé par le Club-Alpin et le Touring-Club, cela suffira et au delà ; cela sera même beaucoup mieux, car les prix pourront de la sorte se maintenir dans de justes limites et ne pas effrayer la petite clientèle bourgeoise qui forme la majorité des touristes et excursionnistes. Il en sera de même pour la nourriture qui sera simple et saine, mais sans recherche, de manière, nous le répétons, à maintenir les dépenses à la portée des bourses moyennes.

Pour faire des excursions faciles autour de l'hôtellerie, rien n'est plus indiqué que de tracer des sentiers et des pistes; quant aux chemins d'accès, ils existent déjà dans les régions dont il s'agit et nous savons, d'ailleurs, que le Club-Alpin est tout disposé à aider, sous ce rapport, les personnes qui voudront bien se mettre en avant pour développer l'industrie des logements dans les Pyrénées.

A ce jour, comme nous l'avons dit, ce n'est que dans la Cerdagne et à Gavarnie qu'il se rencontre des maisons habitables en grande altitude. A Gavarnie, l'Hôtel des Voyageurs avait si bien réussi que la même famille a trouvé avantageux de construire l'Hôtel du Cirque, il y a trois ans. Si ces intelligents industriels ont su attirer et retenir la clientèle, d'autres pourront les imiter et avoir la même bonne fortune.

Il importe donc que les Pyrénées réparent le temps perdu et fassent emploi au plus tôt de magnifiques emplacements qui répondent à tous les desiderata.

Ces emplacements, choisis par M. le comte F. Russell, M. E. Goguel, auteur d'une étude très documentée (1), et d'autres membres compétents du Club-Alpin, il me reste à vous les faire connaître. Pour cet objet, il me suffira de me reporter à la note que j'ai rédigée pour le Syndicat des médecins thermaux pyrénéens et dont j'ai parlé dès la première page du présent mémoire.

---

(1) Industrie des hôtels de montagne, Suisse et France, 1898.

Cette note, destinée à stimuler l'initiative de mes confrères du Sud-Ouest et, par eux, des capitalistes et du grand public, et arriver ainsi à constituer dans les Pyrénées des centres de *séjour d'été*, se termine par l'exposé suivant :

« Déjà, à 8 kilomètres des Eaux-Chaudes, se trouve *Gabas* (1 125 mètres), village d'une dizaine de maisons, dernier poste des douanes françaises, sur la route nationale qui mène à Sallent, Panticosa, et Saragosse. Gabas est le point de bifurcation de la vallée ; c'est un centre pour un bon nombre d'excursions intéressantes ; il y a deux auberges où l'on peut coucher et se restaurer passablement, mais il manque un hôtel confortable, accommodé aux exigences modernes. Le capitaliste qui le bâtirait n'aurait pas à s'en repentir, car on peut compter non seulement sur la clientèle des excursionnistes, mais encore sur nombre de baigneurs des Eaux-Chaudes et des Eaux-Bonnes qui iraient y faire un séjour plus ou moins long à la suite du traitement thermal.

« A 4 kilomètres de Gabas, desservie par un bon chemin, facile à convertir en route carrossable, s'étend, sur la rive droite du Gave, une vaste pelouse du vert le plus frais, nuancée des plus jolies fleurs, ceinte de hêtres séculaires et, un peu plus haut, d'une forêt de noirs sapins ; c'est le plateau de *Bious-Artigues* (1 500 mètres). Au sud de ce plateau s'élance le double cône granitique du Pic d'Ossau (2 885 mètres) dont l'aspect est d'autant plus majestueux qu'il est isolé de toutes parts. Rien ne manque pour faire en ce site de choix la cure de hauteur, rien, sauf l'hôtel-pension que nous vous engageons à y édifier ; hôtel ou hameau d'où l'on pourrait faire de belles expéditions de chasse et de pêche et qui serait habitable toute l'année, car en hiver on y monterait facilement en traîneau.

« Vient ensuite la belle montagne qui sépare les vallons des Eaux-Chaudes et des Eaux-Bonnes ; nous trouvons sur le sommet du *Gourzy*, à une altitude de 1 800 à 1 950 mètres, des pelouses prêtes à recevoir hôtels et chalets ; le plateau voisin de *Cézy* fut spécialement signalé pour l'installation d'un sanatorium par M. l'ingénieur Bayssellance, ancien maire de Bordeaux, lors du Congrès du Club-Alpin à Pau en 1897 ; ce plateau, merveilleusement ensoleillé, commande une vaste panorama au centre duquel le pic d'Ossau déploie toute sa magnificence.

« La vallée du *Marcadeau*, au-dessus de Cauterets, offre aussi plusieurs pelouses traversées par des cours d'eau, bordées par des pics aux flancs bien boisés, le Cayan entre autres, et dotées d'une atmosphère lumineuse et calme. Les petites hôtelleries du pont d'Espagne (1 448 mètres), du lac de Gaube (1 789 mètres) en vue du Grand Vignemale (3 298 mètres), du lac d'Estom (1 782 mètres), du Cabaliros et du Viscos (à 2 000 mètres environ), déjà bien achalandées, sont un sûr garant du succès d'entreprises plus vastes.

« Il en est de même de *Gavarnie* où les deux hôtels exploités ne suffisent pas à la clientèle en accroissement progressif. C'est un village qui devrait s'édifier à la « Prade-Saint-Jean, 1 600 mètres », où les nuits sont tièdes et même fraîches en été et où le thermomètre ne monte, pour ainsi dire, jamais au-dessus de 25°. Non loin de là, les croupes du Piméné et du Coumélie semblent appeler l'intelligent maçon qui retiendra l'ascensionniste dans leurs forêts ombreuses et embaumées.

« Par Barèges (1 232 mètres) on monte au Pic du Midi de Bigorre (2 877 mètres) dont l'hôtellerie du *col de Sencours* (2 372 mètres), en vue du lac d'Oncet, une des plus élevées d'Europe et des mieux tenues à des prix très modérés, répond bien à sa destination. Ce n'est donc pas en ce point qu'il y a lieu d'élever d'autres constructions, mais bien à une altitude d'environ 1 450 mètres, selon l'avis du comte F. Russell, « dans « un large vallon, le *Lienz*, abrité de tous côtés et délicieusement arrosé ; « un vrai paradis de verdure adossé aux bois de l'Ayré et fermé, au midi, « par le massif de Néouvielle. C'est à la fois avenant et sévère, gracieux « et imposant, souriant et désolé ; l'idéal du genre. Instinctivement l'œil « cherche le chalet-hôtellerie et s'étonne de ne l'y point trouver. » Le pic de Lienz, qui domine le vallon est renommé pour ses plantes et ses échantillons minéralogiques.

« Pas loin de Bagnères-de-Bigorre, dans la vallée de la Séoube, existe, à 1 100 mètres d'altitude, un petit bassin entouré de belles forêts, relié par une route au Col d'Aspin d'où l'on contemple un panorama hors ligne ; c'est le « Camp Bataillé » où il y a déjà la bonne auberge de Paillole, c'est vrai, mais où il faudrait un grand hôtel en correspondance régulière avec Bagnères et Arreau ; de là aussi devrait partir un funiculaire jusqu'au sommet de l'Arbizon dont la vue s'étend sur toute la chaîne, du Canigou au Pic d'Ossau.

« On trouverait des sites favorables dans la vallée d'Aure, aujourd'hui desservie par un chemin de fer qui facilite l'ascension de plusieurs cimes intéressantes ; il y a notamment, au bord du lac d'*Orrédon*, une cantine qu'il serait aisé de transformer en pension de montagne.

« Dans la région de Luchon, il y a bien les auberges de l'Hospice, du lac d'Oo, de la vallée du Lys, mais il serait tout indiqué d'y construire des hôtelleries sur les hauts plateaux pour permettre d'admirer les beaux spectacles de la Maladetta, en particulier du Néthou (3 404 mètres) et des glaciers qui descendent sur les versants français et espagnol.

« En remontant la vallée de l'Ariège dans la direction de Mérens, à trois cents mètres, au-dessus d'Ax-les-Termes, si riche en eaux sulfurées chaudes, on rencontre un plateau assez étendu, avec de l'eau, des prairies et des arbres en une magnifique vue sur les montagnes de l'Andorre et du Roussillon ; l'endroit est très propice pour assurer la réussite d'une ou deux hôtelleries, il suffirait de les relier aux établissements thermaux par une bonne route carrossable ou un funiculaire de construction et exploitation faciles, tel que celui de Murren, l'une des stations d'observation en face de la Jungfrau.

« En dehors des centres balnéaires et climatiques que nous avons signalés dans les Pyrénées orientales, on y découvrirait bien d'autres sites aptes à assurer le succès d'une pension, soit sur quelques-uns des contreforts de la chaîne, soit sur les pentes du Canigou (1 785 mètres) où sont depuis longtemps déjà installées les galeries de cure du sanatorium de Vernet-les-Bains.

« Répétons, à ce propos, que, parmi ces hôtelleries à construire, un certain nombre (et elles seraient les plus favorisées) se trouveraient à proximité d'une ville thermale ; ce qui permettrait la double cure pour les malades et les valétudinaires justiciables du traitement hydrominéral, tandis que les autres, fréquentées surtout par les sujets bien portants ou les simples débilités, agiraient seulement par le grand air et la vie de montagne : c'est d'ailleurs, comme nous l'avons dit, le cas le plus habituel dans presque toute la Suisse.

« N'oublions pas d'ajouter que nombre des pensions-hôtels en projet conviendraient à la majorité des enfants délicats dont nous avons parlé, candidats à la tuberculose ou autre affection chronique. Ils commenceraient leur cure de préservation dans un établissement balnéaire, comme le demandait Pidoux à propos des Eaux-Bonnes il y a trente ans, et la termineraient à une altitude plus élevée : c'est une question des plus graves que ne manquera pas d'étudier la ligue si heureusement fondée dans ce but par le Pr Grancher.

« En se bornant à l'exposé de ces considérations, l'auteur espère avoir démontré que, loin de nuire aux villes d'eaux pyrénéennes, l'édification des hôtelleries de montagne leur viendrait puissamment en aide. Grâce au mouvement qu'elles développent, ces hôtelleries auraient pour effet d'attirer vers les Pyrénées une partie des excursionnistes, touristes et malades qui sillonnent en été les routes d'Europe et, par suite, de donner à nos belles vallées l'animation, la vie et la fortune dont elles sont si dignes à tous égards. »

CHARTRES. — IMPRIMERIE DURAND, RUE FULBERT.

PRINCIPAUX TRAVAUX DU MÊME AUTEUR

Lettres médicales sur les Eaux-Bonnes (Basses-Pyrénées), 1875.

Contribution à l'Étude de l'hémoptysie dite thermale (médaille de bronze de l'Académie de médecine), 1878.

Nature et traitement hydrologique de la phtisie pulmonaire (médaille d'argent de l'Académie de médecine), 1883.

Indications thérapeutiques de l'eau minérale des Eaux-Bonnes, 1887.

Des diverses méthodes de traitement de la phtisie pulmonaire, 1889.

Sur le traitement hydrominéral des maladies des voies respiratoires chez les enfants, 1890.

De la climatologie des Eaux-Bonnes, 1892.

Les Eaux-Chaudes et leurs eaux minérales (Basses-Pyrénées), 1892.

Les eaux minérales dans l'emphysème pulmonaire, 1896.

Sur l'azote des eaux minérales (rappel de médaille d'argent de l'Académie de médecine), 1896.

Le mal de montagne, 1897.

Du rôle des métaux dans certaines eaux minérales, 1898.

Sur la prétendue absorption cutanée dans le bain, 1901.

Composition et rôle des différentes eaux-mères, 1902.

Des altitudes en médecine, 1902.

Des sanatoriums ouverts et fermés, 1903.

Les Eaux-Bonnes considérées comme station d'altitude, 1905.